観察する。微妙で正確な立ち位置が要求される難しいオペレーションだ。プレパラートの上の微生物の振る舞いを顕微鏡で観察するといったことなら比較的たやすい。対象と瞳との間の適切な距離、まなざしの注意深さといったものが問題になるだけだから。しかし、「ある街」を観察するということになったらどうか。「駐車場」や「ホテル前」や「橋」や「屋上」や「軒下」や「店先」との間に、観察者はどんな距離をとったらいいのだろう。どこに、どんな角度で、どれほどの時間視線を向けたらいいのだろう。

浜田優『ある街の観察』を読み進めつつわたしたちが体験するのはあるのびやかな、しかし執拗な視線の運動である。カメラのレンズを思わせる、無機的と言っていいようなこの静かな運動。朝まだき、「明けやらぬ空を背負って」「霧のうえに浮かんでいる」沈黙の街へ、視線はゆっくりと滑りこんでゆく。朝から午後へ、夕暮へ、夜へと光と影の表情が刻々移り変わるなか、狂いのない速度を維持しつつ、視線は街路を回遊しつづける。そうしながら、見るもの・見ないものを慎重に選択し、その選別によって現実の街をイメージの迷路へ、あるいは時間の廃墟へと変貌させてゆく。

「街は潜在的にはつねに廃墟であり、路は場所ではなく、場所の欠如である」――「だから、」と巻末の「覚書」のこの見事な文章は続けるのだが、この接続詞の意味は決して自明ではない。しかし、謎めいた「だから、」の意味と無意味のたゆたいそのもののうちに、この「ある街」の禍々しい迷路としての魅惑が潜んでいるようだ。「だから、路上を行きすぎるものは行ったきりかもしれず、道ばたの花は来年は咲かないかもしれず、生きている人は死んでいるのかもしれず、この路も、じつはどこにも通じていないのかもしれない」。

人が群れ集い、まぐわい、子を殖やし、ものを作り、交換し、絶えざる賑わいの中で生き死にの喜劇と悲劇を上演しつづけてゆくような、そんな活気溢れる都市ではこれはない。浜田優の瞳はそんな生の狂騒をそれとなくやり過ごし、風景の中に終末の、凝固の、停止の、静寂の、つまりは死の徴候を探し求めつづける。「肉の繁る密林／密林に熟れる声／人いきれをすりぬけ／陽だまりをさがし／呼びこみを避けて曲がるうち」……。

だが、生の気配が蒸発し尽くした清潔な無機性の背後から、それでもなお生温かい息が洩れ、血の臭いが滲み出してくるのは、これはいったい何なのか。夕日のさしこむ路上に並べられた鉢植えには、睾丸や胆嚢に似た果実が生っているかもしれない。一見平穏と見える街路には実はいたるところ凶暴な罠が仕掛けられていて、いつなんどきそれに足を摑まれ、足首から先をちぎり取られるかもしれない。家には「髪をふりみだした木偶」がいきなり闖入し、図々しく居座ろうとするかもしれない。路上に転がった片方だけの白い子供用ズック靴に孕まれている恐怖。視線の主体とその対象との間に然るべき距離が保たれていてこそ、観察というオペレーションは可能となるはずなのに、禍々しい暴力がその距離をいきなり廃棄しにかかり、観察者の身体を脅かすのだ。

その暴力の一閃とともに、詩が立ち上がる。「言葉が肉と化すならば／そのとき／噛みしめる言葉はどんな肉の匂いをはなつか」。清潔で静謐な視線の運動を切り裂いて、言葉の肉を不意に噛みしめるものの獰猛な暴力の光が不意に迸り出る。植物性と動物性との間に演じられる屈折した葛藤が、何ということもない日常的な路上を突然、詩のページのジャングルへと変容させてしまうのだ。観察する詩人浜田優の詩情をわたしはそこに見る。

流れつくもの
また行くもの
鎮められず
浄められず

夜が明けてまた新しい一日が始まろうとするAM7:28、詩人の視線は空へ垂直に投げ上げられ、「瞳のふかさを」測るためのその測深鉛、「ようやく夏を終えたいのちの錘」が落ちてくるのを改めて受けとめる。鎮められず、浄められず、視線の回遊はなおきりもなく続くだろう。

鎮められず、浄められず——浜田優『ある街の観察』

松浦寿輝

ある街の観察

浜田優

思潮社

ある街の観察

写真　堀田展造
装幀　伊勢功治

ぼくたちはともに生まれ、ともに育った。
おお　自然の分け前、
いとしい泥の子。

（土手 AM5:55）

くらがりの、川の気配に
よりそう土手の歩道
はだかになった楡がつづく
昨夜はずいぶん冷えこんだ
河岸の斜面から
ひらけた砂洲まで
霧がたれこめ動かない

道ばたの
草におりた霜
土手が行きつくはてに
ひとつの衛星都市が盛りあがる
明けやらぬ空を背負って
ひとつの街のぜんたいが
霧のうえに浮かんでいる

（河川敷 AM6:32）

土手はやがて
河川敷の草むらに下りる
向こう岸はもう街だ
金網の手前に
杭で打たれた看板が立っている
「これから市街地に入るかたへ——
用件が何であれ
あなたがどこにも行きつけず

入ったところから出てきたとしても
市はいっさい関与しません
あなたがそこで費やす時間を
市はいっさい保障しません
あなたにはまえに会ったことがあります
あなたはつぎもまた忘れるでしょう
なお、迷子ならお引き取りください」

（駐車場 AM6:50）

川岸の駐車場の塀にもたれて
水の匂いを嗅いでいる
夜を耐えた膝が重力に負け
腰がずり落ち、顎が上がり
向かいのアパートの壁、
電信柱、
くもった窓、
干した下着、

梁と天井が、
頭上におおいかぶさる
尻餅をつき、路上に身をまかせる
屋根を打つ雨の音
目を閉じて、
心臓の動きをたしかめる
明けがたの空に、糸状の雲がひろがり
たちまちかたく脈をうち
空に血管が浮きあがる

（ホテル前 AM7:28）

夜どおし求めつづけた逸話の
燃えのこったぬくもりが
皮膚の裏にこびりついている
ホテルの玄関を出たところで
まだ考えるべきことが、あるかどうか
なお考えようと、立ちどまる
向こうの玄関をつなぐ橋の下で
増水したどぶ川が動かない

水のおもてを
汚れた脱脂綿や、
擦ったマッチの軸が、
点々と、雨に打たれている

（橋 AM7:33）

考えるべきことがなくなって
なお、
考えるとは何か
考えるとは放火すること
目的もなく
つかのま物を輝かすこと
だから、あの脱脂綿もあのマッチも
とぼしい炎に輝きながら

川の深みに浮いては沈む
これが事実の写像
これが思考のかたち――
ああ、皮膚の裏が痒い
水がほしい
雨よりもねっとりと重い水が

（橋 AM7:37）

橋の上から
水のおもてを見おろしているうち
頭に火が昇ってくる
頭蓋骨の裏側に
サリサリ、 サリサリ、 と
イナゴが足掻く擦過音が反響する
そしてこの眼が見つめる先に
たっぷりと水を含んで皺の伸びきった大脳が

動かないはずの水のおもてを
二つ、三つ、と
流れすぎていく

大脳は流れすぎ
あとには、
思考の枠が残る

（中庭 AM8:20）

始業時間がきた
少年は今日も登校しない
郊外のショッピング・モールの中庭へ行き
ガラス張りの空中廊下の真下から
通りすぎる足の数を数えている
数えるのに飽きると
フェンスの下の植え込みに盛られた土をまぜかえす
きのう燃やした木ぎれが、 雨に濡れ光っている

もう一度燃やしてみる
煙は出ないかわりに、だんだん大きくなり
少年の掌からはみ出すほどになる
さらに、ぜんまいの茎ほどにやわらかくなり
先っぽを指でつまんだようなくびれができる
黒焦げの木肌にいくつか、米粒ほどの汗が浮かぶ
気味がわるくなった少年は
木ぎれを放り出し、運河のほうへ走りだす

（屋上 AM9:05）

冬の匂い
澱んだ運河に並ぶ、吹きさらしの母胎
にわか雨はやみ、雲は掃かれた
運河に面した庇と、直交する稜角に朝日が当たり
屋根のタンクはなかば濡れている
ボートをもやった桟橋のたもとからたち昇る、
あれは煙か、それとも湯気か
拡大率を上げて近づいてみよう

桟橋脇のアパートの向かい、パワーシャベルが上下して
緩慢に瓦礫をかき出している
シャベルはつぎに、半壊した家屋の骨組みを押す
骨組みはやがて音もなくくずれ落ち
底から湧きあがる粉塵が
新雪雪崩のようにきらめき映える

（住居跡 AM9:21）

雪崩のあと
つややかなフローリングに押された
やわらかい、子供の
爪痕

雪崩のあとも
外のようすは変わらない
ベランダにはあいかわらず

鎖骨ボルト、洗髪キャップ、
ナプキンのよだれかけが、散らかって

むしろ室内では
椅子のくぼみが息しはじめる
ちいさな　まるい
空気のかたちが

ふくらみ　ちぢみ
あかるみ　かげり

（団地前 AM11:33）

三〇二号の男の子
十二年まえからここにいる
晴れた日も、曇った日も
団地の前の、大通りに面した舗道で
三輪車を漕いでいる

三〇二号の男の子
「ぱぱ」とも「まま」とも言わない子

巨体ですばやいものなら指をさし、叫ぶ
「ぶふぅ」または「ばぁふ」
大通りを路線バスが轟音をたてて通りすぎる

三〇二号の男の子
これからもきっとここにいて
「ぶふぅ」または「ばぁふ」
バスが行ったあとの、静まりかえった舗道に
三輪車のきしむ音が、また響きはじめる

ぼくたちはともに生まれ、ともに育った。
あのとき、あの川のほとりに立って
ぼくはおまえを連れて渡っていけなかった。
おまえはすべてを受け入れた。

（軒下 AM12:00）

振り返らなかったあの日
昼になって
風がやんだ
焼却炉の灰
払われず
ベランダに

なま乾きのシャツ
歓声を載せて
グラウンドは遠ざかり

古ぼけたバイクも
路上に繋がれたまま

ただ軒端の鉄砲百合の
ほっそりとした筒のふくらみが
じぶんの重みで揺れていた

（路地裏 PM1:05）

塀づたい、路地の奥へ
裏口にまわり、
五葉松のかたわら、潜り戸をくぐって
木戸の下蔭、
滑石の窪みにこごった水は
熱くも冷たくもない
手をさし入れてみる
かじかむには冷たすぎ、

火傷する手前で、ふるっ、と
ぬるんでしまう
水には、凍っていたころの記憶があって
膨張し、繊維が割れ、傷がはしり、
光が傷を透過せず、表面が黒ずみ、
氷塊が、内側から
じょじょにこわれていくときに
洩らしてしまった音を
いまでも覚えているらしい
だから、寒天のように蒼ざめた水のおもてを
しぶきで、さざめく光で
乱してはいけない
水が、水でないものへと
こわれていくから

街じゅうの製氷室が口をあけ、
路地裏の鍾乳洞から、あふれてやまない水を
冷やしていた、あの夏

（坂上 PM1:24）

あけびの蔓の垂れ下がる
垣根の高い日蔭坂
すれ違いざま、息が触れるほど
狭くて長い坂道に
午後の光が射しこむと
空気の滑車がからからと音をたてて
からっぽのリアカーを曳いていく
坂の上のサナトリウムの

正面を入った芝生の上に
リアカーはしずかにすべりこむ
待っていたのは
シスター、数名のナース、写真館主人、
そして
年老いた青年と、少女たち

（坂上 PM1:30）

傷つき、痩せこけたその青年は
ナースに両脇をささえられている
シスターにうながされて
少女の一人が青年に花束を渡す
リアカーを前に、シスターのあいさつ――
「ごきげんよう
記念撮影をして、お別れしましょう
ここに、未来からあなたに手向けられた花と、

持ち物のすべてを、置いてください
あなたが生きたあかしです
いずれ、わたくしどもが
あなたのすべてを忘れる日、
あなたの、別にありえた人生が
これでもう一度、あがなえますように」
つづいて、少女たちのまばらな拍手――

半時間後、坂の下のあばら家に
萎れかけた花ばなが、まばらに届く

（花壇 PM2:12）

ブルーシートで寝起きし
落ち葉を集めて火を焚き
公衆トイレで排泄する人
晴れた日には、湿った下着を木に吊るし
花壇のベンチで、半裸をあたためる
花壇のまわりを
悩ましく飛びまわる羽虫たち
そのなかの一匹が

外耳道から蝸牛管に達し
まどろみかけた脳髄へ
花壇の神話を投射する

（花壇 PM2:35）

あお向けに倒れた花アブにまたがって
かまきりのレンズが見下ろしている
尖った顎、うるんだ瞳は呑みこまれるほど近く、
乳房のような両鎌に頭部を押さえつけられて
頭部を食らうと
三角形の面立ちは後肢の付け根に向かう
無頭の花アブはなおも、
蘭の黄色い蕊柱が直立している幻を見る

半裸の人は、花壇のベンチで
首から腰を弓なりにのけぞり、
腿の付け根をまさぐりながら
二、三度痙攣し、
射精する

（アパート PM3:36）

終業時間になった
少年は今日も定時に帰宅する
ランドセルを放り出すなり、呼び鈴が鳴り
髪をふりみだした木偶がやってくる
チェーンロックごしに、ひび割れた黒い幹が立ちふさがる
帰ってくれと頼んでも
耳も口もない木偶ではらちがあかない
チェーンをはずし、部屋に上げるしかない

ふすまの向こうでは女が二人、抱きあっておびえている
木偶は二メートルほどに成長し
ひび割れた腕を放射状にのばして
柳のような髪を腰までびっしりと垂らしている
髪にはもう新芽が芽ぶこうとしている
三人暮らしの１ＤＫでは、もうこれ以上の空きはないと
少年がいくら説得しても
もとより木偶は聞く耳をもたない
冷蔵庫と食卓のあいだに直立して
誇らしげに腕を振り、あわい髪を揺らしている

（店先 PM4:04）

肉の繁る密林
密林に熟れる声
人いきれをすりぬけ
陽だまりをさがし
呼びこみを避けて曲がるうち
どういうわけか、
園芸店の軒先に行きあたる
夕日の射しこむ路上に

窮屈に並べられた鉢植えから
睾丸や
胆嚢によく似た果実が
重たそうにはみ出し、
石榴の口から毛氈の舌が垂れ下がる
言葉が肉と化すならば
そのとき
嚙みしめる言葉はどんな肉の匂いをはなつか
こうがん
たんのう
ざくろ
もうせん
遠く近く
絞った肉汁のような女のだみ声
無言でたたずむ、鉢植えの木

密林では、肉が肉を食らう
ここでは、おとなしい木が
ひっそりと裁ち切られるときを待っている

（幼稚園 PM4:32）

住宅地にある幼稚園
コンクリートの外壁と、半円のガラス窓を
玄関前の桜の老木が、外からおおい隠している
園児がひとり、みんなが帰ったあとも居残って、
仕事帰りの母を待っている
その子はいつも、人気のない図書室で
恐竜図鑑のページをめくっている
窓の外は、道をへだてて、植物園の塀がつづいている

夕日がさらに濃い陰翳を塀に投げかける
そのときとつぜん、
黄金色の溶岩流が道路をいっぱいに埋めつくし
路上駐車を手あたりしだい呑みこんで
乗員ごとぐにゃぐにゃに圧し潰していくのを、
その子は見る
硫黄がガラスにへばりつき、かろうじて
塀のうえまで生い茂った植物園の木々が
熱風にあおられ、ざわめくのが見える
木々はみるみるうちに
椎や樫の照葉樹から
棕櫚や椰子の熱帯樹へ生えかわる
その子は見る
熱帯樹のてっぺんに、
黒焦げの人体が串刺しになって

いまにも踊りだしそうにねじれているのを
そのうえを、鱏のような巨大鳥の
悠然と弧をえがく黒い翼が、
溶岩の照り返しにちりちり映えるのを

（公園 PM5:00）

（個人的な事情）
を言いふらす、五時のチャイムが
緑地公園の
湿った木立を震わせ
行くあてのない人影は
頭からぼやけて水に溶け
うす闇にまぎれ
地中に沁みこむ

夜がくれば
沁みこんだ人影を
地中の根は吸い上げるだろうか
木立は目覚めて、闇のなかを
手さぐりで
歩きだすだろうか

（雑踏 PM5:00）

ビル風にあおられる五時のチャイムに
足をとめる、表皮をかぶった影が
雑踏のなか、かすかに混じる
（ぎぃぃ……、ぎぃぃ……）
櫓を漕ぐきしみに耳をすます
ふいに
耳の奥を冷たい戦慄がはしり
舗道にぽたり、ぽたり、

地中の澪からそっと抜きとられ
薄暮をかざす灯火のように
櫓の先端からしたたる
沈んだ声のしずく

いとしい泥の子、
いまでもおまえは、あの川のほとりで
小さくくずれていきながら
迎えにこないぼくを待っているのか。

（路上 PM5:20）

路上に転がった
白いズック
片方だけ脱げたのか、
なかからこぼれた水が
路上にうすくのばされて

どこに行ったのか、
おさない足は

むしろ
生まれてこなかった足の
白いズック

街灯の下を行きすぎる
靴底のぬくもり

やがて街に
雪と黴が降りはじめ
消えかかったイニシャルが
かすかにあかるむ
白いズック

（神社 PM5:23）

向かいあうマンションに挾まれた
せまくて急な石段を上り
ペンキの剝げた鳥居をくぐって
本殿のわきから裏へまわり
つきあたりの崖をくりぬいた
ちいさな石室に膝をかかえて
暗くなるまでうずくまっていると
帰れなくなる

さっきまで、コンクリートの護岸が途切れるあたりに
石楠花や篠竹のみどりが顔をのぞかせ
さらに陽のあたる高さには
マンションのガラス面を反射した冬の光が
冷たく笑っていたけれど

（崖上 PM5:45）

さっきまで、
間近に迫った破産を咽喉につまらせ
石室にうずくまって明日を呪っていた男が
ようやく闇のふかさにおののいて
やにわに草を摑み、切り通しの崖を登りはじめた
綿毛ほどの恩寵のかすなら、
まだ上のあたりにくすぶっているとでも思ったのか
崖の上は、荒れほうだいの雑木林

鑢のような樹皮をすりぬけ
手さぐりで下草のいばらをかき分けていた男が
とつぜん、悲鳴をあげて倒れこんだ
害獣駆除の仕掛けが、足首にがっちりと食いこんでいる
仕掛けをはずそうとけんめいにもがきながら
暗い斜面に血走った眼をこらすと、男は
べつの仕掛けに、ちぎれた肉片が真っ黒にこびりついているのを見た
下草はざわめき、背景の闇に沈んだマンションが飴のようにしなって、
男の足首から先は
錐揉みながら崖下の裂け目へ吸いこまれていった

（広場 PM7:00）

運河から近く
かつては火見櫓が立っていた
市役所前の広場
かつては、焼け出された人や
破産した人が、ここに集った
夜ともなれば、市役所の
すべての明かりは消えている
広場の外灯に照らされて、建物は

うす墨色の水槽に見える
ひょっとしたら
これは家ではないのか
職員たちはみな通いのメイドや執事で
永遠に行方の知れない主人の
永遠の家

（市役所内 PM7:28）

眠る住民台帳
用途地域区画図の
空白
二重の線で消された
地番
名前
性別
回廊につづく

錠の下りた部屋
庶務課
納税課
市民課
管理課
設備課
夜間灯の下
つま先からたわむ
リノリウムの床

（住居跡 PM9:52）

解体あとの
運河沿いの更地に
ロープが張られた

ロープをまたぐと
まだやわらかい土の厚み
湿った黴の匂い
まんなかあたりでとだえる足あと

ここから見上げる空は
ひときわ高い
空にはうすぐらい星が
五つ、六つ

ここに見えない椅子を置き
集めた息を坐らせる
もうじき来るだろうか
宵っぱりの鳥は

（住居跡 PM10:08）

川をわたる風が
塩の平野を見おろす家の
消息をここにはこぶ

ここよりもずっと暑く、乾いた土地の
砂にまみれた空き家にも
朝の鳥はやって来て

椅子の前には白いテーブル
テーブルには黒糖のパン、熱いお茶
ありふれた一日の団欒

はこぶ手もないのに
なお招かれて
訪なう人はこのテーブルにつく

という
消息

（高速出口 PM11:47）

深夜の高速インターから
タイヤを鳴らし、ループを一回転して地上に降りる、
息がとまるような浮遊感
これはきっと、潜水艦が一気に水面へ浮上するときの、
あるいは、宇宙船が見知らぬ星に不時着するときの、
乗員たちの孤独な恍惚に似ている
遊行していた魂が、呼吸二つぶん遅れて
停まっている体にいま追いついた

でも、信号に近いビルの非常階段では
追いつけなかった魂が、むしろ昇っていく
一瞬目が合った気がして、はっとする
魂は横顔しか見せないから、
きっとあれとはべつの視線が
もっと上からこっちを見ている
信号が青に変わった
魂はもうすぐ、橋梁の上をただよう、
テールランプの高さへ浮上する

（高架下 AM1:39）

私鉄の最終電車はその高架上を
午前一時二〇分に通過する
終電が行ったあと、高架のたもとで
錆びついた道路標識にしがみついて
嘔吐をくり返す人の背中が
街灯にぼんやりと浮かびあがる
吐くものなどもうなにもない
口から光る唾液が糸を引いて

冷たいアスファルトに繋がっている
それでもまだ、吐いて、吐いて、
胃や肝臓や膵臓や、とにかく
体液を分泌する器官という器官を吐き出して
口から肛門までつるつるに乾いたひとすじの亀裂を脱ぎすてる、
とでもいうように
むなしく吐きつづけている

（高架下 AM4:00）

午前三時
その人の輪郭から
足もとが消え、
手もとが消え、
頭が消え、
背中と、乾いた嗚咽の音だけが残る
その人は背中だけになって中空に浮かんでいる
道路標識のかたわらで

吐瀉物が路上にまるい穴を穿つ
午前四時
夜が臨界に達し、
闇に闇をかさねて透けるころ
その背中も吐瀉物に吸いこまれ
そこから内臓のない透明な嬰児が
ゆらゆらと立ちあがる

じぶんの背中を見ることができない、
それがにんげんの限界。
水のぬくもりが掌をつつむ。

（マンション前 AM5:55）

マンションの前に仕切られた
浅い植え込みのくらがりに
白い蝶がじっとしている

聞いたことがある
越冬する蝶のこと
それとも
どこかの部屋で脱皮して

春を待たずに終わるのか

かたいツツジの枝々の
茂みにひそむ紙きれ
朝には飛びたつ、ひとひらの花

かつて、夜明けを待たず誘いあい
霧ふかい川べりの草むらに立って
つなぎとめようとする指から
閉じたまま、散った
白い掌

（室内 AM6:32）

東方のまだ明けやらぬ銀の蕾
蕾からちょっぴりあふれた蜜を
指先でぬぐって

もう飛びはじめた花粉や
降りはじめた雨を
部屋へまねき入れる

魚くさい湿りけが室内にひろがり
不当にはねる明けがたの鮎
毛布にくるみ、鰓をつかんで

窓ぎわに挿す
雨にはコートをかけて送りだし
カーテンを下ろす

鴉が目くばせする距離で
街がめざめる
季節が変わろうとしている

（空き地 AM6:50）

水をはねあげ
トラックのタイヤがよくひびく
国道から一本入った裏道の
あかるい空き地の板塀に
草むらからヒキガエルの射精が
蛇のかたちの環をえがく

流れつくもの

また行くもの
鎮められず
浄められず

濡れた空き地の板塀に光る
この生ける火種が燃えつきるころ
にごった春がやってくる

（路上 AM7:28）

フジツボにびっしり覆われ
餓えたクジラの背のように
たったいま
夜の底から上がってきた
路上の満ち潮

二月になった今朝
この濡れた路上のざわめきに

ようやく夏を終えたいのちの錘が
落ちるのがわかる
あの爽やかな夏の朝
露のおりた草に寝ころんで
まっすぐに空を映す
瞳のふかさを
測っていた
あの錘

覚書

本書に収めた連作詩篇は、二〇〇一年の冬に開催した、堀田展造の写真と浜田の詩による共作展「贅なき路上の犯行——二人の散歩者」（麹町・ＪＣＩＩクラブ25、一月二三日～二八日）のさいに展示した詩を、その原形としている。詩集にまとめるにあたってかなりの書き足しと修正を加えたが、それでもこれらの詩篇には、堀田展造さんによるコントラストの強い鋭利な路上スナップの残像が、影をおとしているように思う。また、敬愛する先輩詩人の松浦寿輝さんから頂戴した栞文に鼓舞されて、ここに描かれた路上が、未知のジャングルへ変容せんことを願う。

街を歩いているとき、ひょっとしたらこの光景は写真に撮られるために存在しているのではないかと、思うことはないだろうか。街が街であるということは、街が自然の有機的連関から切れている、ということだ。街は潜在的にはつねに廃墟であり、路は場所ではなく、場所の欠如である。だから、路上を行きすぎるものは行ったきりかもしれず、道ばたの花は来年は咲かないかもしれず、生きている人は死んでいるのかもしれず、この路も、じつはどこにも通じていないのかもしれない。

何も生みださず、何にも生まれ変わらず、とつぜん生じて消え去るもの。そんなものがかつて、そしていまもここにあることを徴すのは、写真と、詩の言葉だけなのかもしれない。

二〇〇六年七月　浜田 優

目　次

ある街《まち》の観察《かんさつ》

著者
浜田《はまだ》 優《まさる》
発行者
小田久郎
発行所
株式会社思潮社
〒一六二-〇八四二 東京都新宿区市谷砂土原町三-十五
電話〇三(三二六七)八一五三(営業)・八一四一(編集)
FAX〇三(三二六七)八一四二 振替 〇〇一八〇-四-八一二一
印刷
オリジン印刷
製本
誠製本
発行日
二〇〇六年八月二十日 第一刷 二〇〇七年七月二十日 第二刷